神秘的
海底人

作者序

夢想與愛

醫生友人在一次咖啡午餐約會中，語氣溫柔的告訴我：「願意掛他的門診，讓他看病的人都是恩人！」

這位有著菩薩心腸的良醫的人生觀果真與眾不同，藏著醍醐味，適時改造了我對某些事情的習慣想法。

講座的性質因而被我改成「分享」與「種夢」，工作賺錢包含布施精神，講堂則是「道場」，我開始懂得感恩每一個風塵僕僕遠行來聽我演講，惠施智慧的人，我相信那是緣分，幾十億分之一，非常難得。

多數的聽眾一生可能只與我交錯這一次，分配額度只有區區的二小時，之後，他走陽關道，我過獨木橋，老死不相往來了。

人生一會，站在台上該給人什麼？

高出來的三寸之地，我用心彩繪，虔誠的舉棋擺譜，不用輔具，不用電腦檔案，一支麥克風，貫穿全場，輕輕柔柔理出沉澱之後的曼妙哲思，期待它是一份終生可用的厚禮，彩繪他們各自的人生。

我把演講的用心，無愧與真誠，用在這本創作上，讓筆尖緩緩流淌而出文字更有情，讓讀者都有所獲。

這些年來寫作的速度日益減緩，老化不是主因，更多的是在乎，我認定一字一世界，一篇一天堂，字裡行間理應更具意義與味道的，一如杜甫所言：「文章千古事，得失在寸心。」

寫給大人閱讀的作品，我是這麼思考的，希望父母是孩子的魔鏡，我傳授了教育的魔法，期待他們別老在分數、成績與名校之間流轉，大人們往往聽到但未必做得到，告訴我知易行不易，既是如此，何不改弦更張？於是我將一部分想對大人說的心思，改用故事的形式，小說的筆觸寫給孩子閱讀，《古拉的生命教育故事集》便是這樣誕生的。愛是一生的課題，它是好醫生、好老師、好廚師、好的電影工作者，不可或缺的條件。

有愛，才會有關懷！

關心人，關心事，關心土地，進而關心文明的進展是利於人或者害了人。

環境是人類的一切，但這點完全被忽略了，或者被財閥操弄，以至於建物愈來愈多，高齡老樹日益減少，空氣差了，熱氣強了，氣候完全異常。

人類只是地球之一，並非唯一，不可以唯我獨尊，肆無忌憚的掠奪資源，讓城市沙漠化，至少在我看來灰撲撲的屋舍與海市蜃樓是無異的，我們根本不知樹與森林是人的安神劑，沒有它們就少了蟲鳴鳥叫的天籟，潺潺流水的悠揚節奏，空洞化的世界讓人活得愈來愈乏味。

這些思考一部分來自閱讀大師作品的開釋，一部分則與童年有關，樹是我的成長夥伴，溪河是朋友，山是嬉遊的道場，這些元素集合起來的童年才有回憶，但山被移走了，水變汙濁，鳥不唱，蟲不鳴，人生的交響詩還有什麼音律？

這本書我用科幻的形式寫成，穿梭神奇，旨在吸引孩子閱讀，進而讓他們潛進了我所設計出來的深意之中，取得一粒種子，埋了下來。

寫書對我的意義不再只是一本書，更添得了種夢與愛兩種成分，只有播撒種子，夢才有化成朵朵春花的一天，沒有愛，一味想著成就與錢，人很容易淪為怪獸，我在書中悄悄放進了靈魂，想還給每一個小孩。

這本書很有意思，巧藏我最想給孩子的「三份人生禮物」，**環保**一向是我的堅持，希望利用隱而不彰的機緣，悄悄交到孩子手上，讓人明白人類只是多元世界之一，不是唯一！人對土地需要關懷與同理心。**文明的反思**則是其二，我開始懷疑永無止息的進步，到底是好？是壞？少了愛心與人文的加持，進步會不會只是一種毀滅？

最後則是**創意**，愛因斯坦相信「人人都有創意」，重點在於不被扼殺，我在書中盡可能發揮創意，讓孩子無礙的陪著我在想像的天空中飛馳，我閱讀很多科學的書佐證自己的狂想，盡可能的不讓它偏離科學太遠。

我喜歡羅威．丹尼斯的叮嚀：「失掉金錢，失掉了的是某些東西；失掉了愛，則喪失了大部分人生；但失掉勇氣與創意，就一無所有了。」

寫於閒閒居

目錄

作者序　夢想與愛／02
人物介紹／10
第一章　說書的老船長／12
第二章　探險隊正式成軍／22
第三章　毫無預期的暴風雨／32
第四章　海上歷劫搏鬥／40
第五章　奇蹟似的倖存／46

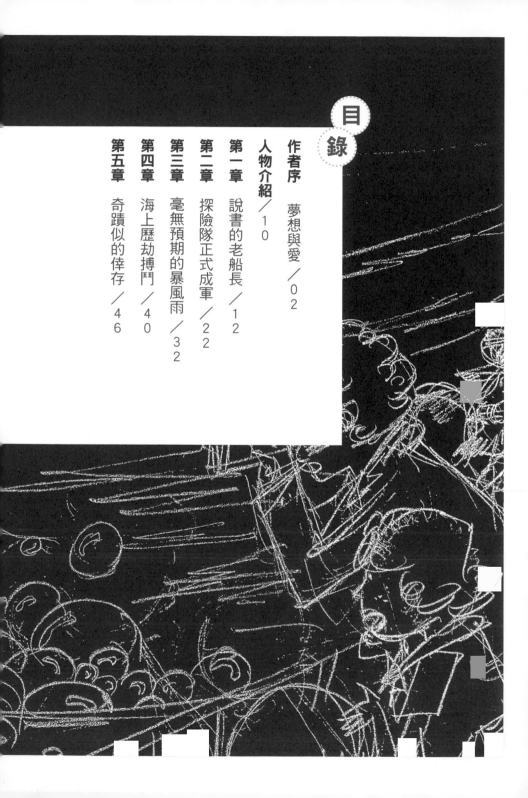

contents

第六章　楓葉島就在眼前／52
第七章　迷人的逍遙／58
第八章　洞窟藏著的祕密／66
第九章　夢幻湖的玄機／76
第十章　探險隊員的失散與重逢／82
第十一章　海底人即將出現／88
第十二章　機關重重的軟武器／94
第十三章　讓人眼睛一亮的玻璃屋／102
第十四章　第十次文明／110
第十五章　醒世水書《地球箴言》／118
第十六章　奇妙的體驗之旅／126
第十七章　科幻水晶宮／136
第十八章　艱難的抉擇／144
第十九章　漂流的竹筒信／150

人物介紹

點子倫

一個活潑、聰明、慧黠、執著、不懈、有恆的科學家，喜歡說「試試看」、「想一想」、「動腦」、「沒有不可能的事」。他是個不服輸的人，凡事都想證明，找出答案。他的智慧極高，擅長推理，看似頑皮卻很理智，真的做到了「靜如處子，動如脫兔」的境界。

阿米

跑船二十年以上的老船長，擅長在海中生活，看見不少奇遇，最驚人的偶遇便是發現氣泡人。他領著一群人深入大海來趟尋夢之旅，別人以為是假的事，他堅信是真。他對海尤其了解，甚至大颶風也難不倒他，一個十足靠海維生的人。

小東

探險號的輪機長，雖然沒有跑船的經驗，但對於機械一點即通，學習力驚人，有過人的判斷力。在探險號遇上颱風時，他與船長並肩作戰，成功脫險。

小鈺

一個古靈精怪的小女生，具有畫龍點睛、醍醐灌頂的特質，常常提出許多不同於別人的質疑，她的提問經常引發點子倫隊長的聯想，做出更具意義的推理。

婷兒

點子倫隊長實驗室中的得力助手，本來不想參與這一趟任務，但機會千載難逢，咬緊牙關便上了船。她負責記錄此行的發現，準備回程向基金會做報告

小方

文字記者，關心氣泡人的事蹟已十多年，一直在找尋資料做相關的報導，沒想到他的報導引起了點子倫隊長的注意，進而邀請他加入探險隊，小方欣然接受，並且準備忠實地把這趟探險的故事全報導出來。

大山

T電視台的攝影記者，一個沉默的大男生，長得像一座山，給人穩重的感覺。他常在關鍵的時刻出手，是一個可靠的人，負責拍攝氣泡人的動態畫面。

1 說書的老船長

楓葉島海底人的傳說，通過好事者的喉部發音，彈進愛聽者的耳膜，早在漁港附近傳開，成了茶餘飯後閒聊沸沸揚揚的熱門話題。

傳言是這麼說的：通常是瘦月的夜，黯淡的光，配合朦朧的霧氣，海底人便會傾巢而出，躍出水面，幽微的在星空中踩踏華爾滋。

「全身雪白透明，陽光折射時會閃出銀光。」

「無預期冒出一條水柱，海底人跳著波浪舞。」

「綠色的頭髮，鼻子長長的。」

「楓葉島的下方是一座海底城堡。」

……

……

神靈活現的謠傳，全都出自同一個人的口中：老船長阿米，他的漁船的作業範圍大約就在楓葉島附近一百海浬的範圍內，對於這座出了名，有著掉落凡塵精靈之稱「綠寶石之島」，他知之甚詳。

「神祕海底人」成了老船長的說書題材，一講數年了，漁船返航後說上一段，下回分曉後出航，吸引為數眾多的粉絲，忠實等待返港。

那一天，第一道東北季風提早報到，天氣清索蕭瑟，伴著刺骨海風，

凍得人直打哆嗦，浪花捲起，拍打在岸邊堤防，四處飛散，依舊消滅不了熱情，他們打聽到「阿米達號漁船」的入港時間，無論如何也要聽上一小段新的海底人故事。

迷霧深鎖，大海茫茫，一群人翹首等待衝破雲霧露出頭來的漁船，終於一聲低沉悠揚的汽笛聲遠遠的破空傳來，熟悉且特別，瀰漫懸疑氣氛，圍觀的人開始鼓譟起來，阿米出現在船頭，慢慢停泊靠岸，熟練抛錨，敏捷躍下，親切地與圍觀者打招呼，笑容可掬，船長短小精幹，皮膚烏亮，古銅色的色澤顯得很深沉，年紀應該有一把了，依舊神采奕奕，像個精壯的中年人。

「阿米啊，等你好久了！」

聽眾快按耐不住熱情了，要求老船長快快下船，他用餘光瞄了對方一眼：「剛進港咧，讓我喘口氣好不好？再等一下，氣氛，氣氛，我正在醞釀。」

四周靜寂，只剩海潮聲與屏息以待的呼吸聲，一刻鐘後，阿米清清嗓門，一開口便吸住所有人的目光：「這一次，我很榮幸的被邀請進入海底城堡了……」

瞪大眼珠子的人們，口沫橫飛，天上地下恣意胡扯的阿米，構成了迷人好聽的說書，隨著情節變化，驚愕表情此起彼落，接著阿米船長擠出鬼黠的笑容，話鋒一轉：「進到海底城的魔幻漩渦太神奇了……」

阿米刻意把語調拉得很悠長，圍觀者全都急煞了，人潮愈多，他的說話速度愈慢，長浪再度湧上了岸，拉出五公尺高的浪花，濺溼群眾的衣裳，但沒人理會這些，只盼著阿米的下一句。

「你嘛快一點！」

有人等出火氣來了。

「要不然換你來講！」

老船長不慍不火，沒好氣的回擊：「別吵，故事就要這麼說才夠味嘛！」

阿米氣氛作足了，行雲流水講了一小時，統統老調重彈，沒什麼新鮮事。

二十分鐘後，他依舊什麼也沒講，阿米尷尬吐實：「這一回被帶進海底水晶宮，可是我一下子就不省人事了，醒來時已在船上了。」

噓聲停不下來：「絕不再來聽你胡謅亂蓋了，什麼海底人啊，繞來繞去都一個樣，簡直是鬼船事件嘛！我敢跟你打賭，沒有海底人？」

那個人悻悻然調頭離開，碎碎念的話語被海風吹了過來，很快便消散了，這下阿米有些著急了，信譽掃地的他再三起誓，強調句句屬實，但辯解的聲音愈來愈微弱，最後在人群中化掉。

科學家點子倫是眾多圍觀者之一，專業敏感度讓他判斷出事有蹊蹺，未必全是謊言，值得再三推敲，他悄悄走到臉露沮喪的船長身旁：**「我相信你。」**

阿米抬起頭，看見的是一張歷經風霜的臉，表面有些坑疤，瘦得彷彿橘子皮，露齒對著他笑了。點子倫自我介紹，說自己是某研究機構的負責人，這些年來正考慮率領一隊研究團隊到楓葉島附近考察傳聞中的海底人，但證據一直很薄弱。

阿米船長露齒而笑，緊緊握住知音的手，保證自己絕非信口雌黃，他盛情邀約點子倫到附近一家用漂流木搭建而成的咖啡屋小敘。

點子倫先做了一些簡單的提問，比方說：海底人多半出現的經緯度、長相如何、出沒的時間是白天還是黑夜、特點是什麼、還有水下海底城的事情等等，阿米知無不言：

「……楓葉島的內部可能是空心的，踩踏時發出扣扣扣的回音，應該是石灰岩的喀斯特地形，到處都是鐘乳石洞，四通八達……我懷疑那是他們的地底通道，直通海洋……我會這樣子想是因為，每次看見海底人，一路尾隨，最後都在接近楓葉島一海浬處無緣無故消失無蹤，這個島在船員眼中是魔幻島，時有時無，飄渺不定，如果不是躲避強颱，沒有人敢登島的，這是一座鬼島……」

2 探險隊正式成軍

阿米船長清楚記得第一次邂逅海底人的經過，當時是日落時分，風平浪靜，餘暈的金黃色光芒，在海面上折射出迷人的色調，他在甲板上陶醉在浪漫的景致中用餐，離船大約五百米處，突然冒出一條長長的水柱，約莫停了三十秒，一個人形狀的物體，從水柱中央竄了出來，隨著水柱上下左右蕩漾起舞，並且旋轉起來，一個、兩個、三個，數一數共有九個，大約十分鐘，海上恢復平靜，彷彿什麼也沒發生過。

「我以為自己眼花，眼睛一揉再揉，卻什麼也沒出現了。之後每一次出航，或多或少都會看見一兩次這種景象，我覺得他們是故意的，好像希望我替他們傳達什麼消息似的。」

匆匆道別阿米，臨走前他意有所指：**「每個人的一生之中至少都有兩次機會等待我們把握，失去了上次，抓緊這次就好了。」**

那一夜，涼風夜燈下，他戴上老花眼鏡，打開電腦，振筆直書寫下**《楓葉島海底人調查計畫書》**。

一夜難眠的點子倫，曙光初露便打開眼簾，起身坐定，從窗台凝望遠方的天際線一寸寸、一分分的變化，眼珠子盯著牆上的時鐘，滴滴答答分秒轉動，終於盼到與基金會執行長約定提交報告的時間了。

他們早是老友，沒什麼客套話，悄悄轉進正題，點子倫簡略轉述老船

長在咖啡屋裡提及的故事重點，隨著劇情鋪陳，執行長的眼睛愈瞪愈大，眼珠子都快蹦了出來，根本沒有打開企劃書，便批示探險計畫，點子倫是當然的探險隊長，隊員由他全權作主。

科學研究室裡三位同甘共苦的同事，完全不敢置信，以為是謊言，這種奇蹟變幻想的事經常發生，興匆匆回來報喜，隔不到一星期又被取消研究經費，即使他出示核撥下來的研究經費支票，依舊被戲謔那是偽造的。

「我以榮譽保證！」點子倫的臉上寫著不爽，三個同事笑彎了腰，直說最幽默的點子倫欠缺幽默感，稍稍刺激一下便嚴肅起來，真讓他啼笑皆非；三位同事成了探險隊當然隊員。

點子倫第一時間向阿米船長報告這個好消息，力邀他加入探險隊，老船長喜獲知音，為了證明自己所言不假，立刻應允。

野菊城T電視台的記者小方把這個議題炒得沸沸揚揚的，報導很有深度，點子倫特別去電邀他隨著探險隊採訪，攝影師大山一併入列。

探險藏著大危機，一度讓小方與大山裹足不決，但是議題實在迷人，小方心想：**「有些事，錯過了，會一輩子後悔！」**大山積極一些，他相信：**「有些事，做過了，可以回憶一輩子的！」**幾經思考，他們答應探險行動。

探險隊正式成軍！點子倫是隊長，阿米理所當然成了船長，學航海的研究員小東擔任輪機長，秀氣的婷兒和古靈精怪的小鈺是助理，把經歷的事情全記錄下來，現場分析提供下一步研究的的資料，長相斯文的記者小方和看來就像一座山的攝影師大山負責第一時間傳輸報導，這艘船的本名是**「海底人科學調查船一號」**，私下被稱做：**「海底人一號。」**

　　探險出航的日期選在春芽綻放的四月，忘了當天是愚人節，很多粉絲是從小方發回的新聞稿中得知「海底人一號」出航尋找海底人了，但被人以為是節日的玩笑話，送行的並不多；這艘船是由阿米的漁船改裝的，沒有漁網，沒有漁具，不是出航捕魚，但加裝幾組先進儀器，例如能自動掃描辨識基因的物種辨識器、測量

點子倫（隊長）　阿米（船長）　小東（輪機長）

海水流速的都卜勒儀、用來測繪海床地形的多音束聲納儀等等，點子倫則隨身攜帶一只專屬的微型探測儀。

每個人出發前都心花怒放，用大文豪托爾斯泰的名言自我鼓勵：「**自信是生命的力量。**」

出海不是為了捕魚是阿米的第一次，心中泛起漣漪，原來人不必只為工作而活，還有

夢想，這一刻的他有所領悟了，人與魚是平等的，過度濫捕，實在是對魚的一種掠奪，魚真的有權利在海洋優游一生，不必被人獵殺，只是這個轉念一下子就被海洋的孤寂沖淡了。

選擇四月份出海是因為海象平靜，星月皎潔，有利於觀察，更重要的理由則是阿米老船長的分析，以他長年的海上經驗研判，海底人在此時出現的機率最大，數量最多。

浪漫平穩的航程，一度讓人誤以為是來度假，而非探險，夜裡無事，他們坐在星月當空的甲板上，輪流述說自己的童年往事、生活經驗、未來夢想等等，阿米船長長年生活在海上，對一片汪洋大海有著深沉的情感，點子倫則有很多人生哲思，他提醒隊員們務必切記：「**做對的事。**」

在他看來年紀不同，夢想不同，但都要做得對，少年人要忙，忙於變專業，老年人要閒，閒來度餘年，他常常因為研究調查，遠渡重洋到異鄉探險，經濟因而拮据，但歡喜做就要甘願受，這也是做對的事，這個分享讓年輕的隊員們都覺得深有所獲；阿米長年在海上生活，風險極大，每一次出航都覺得是最後一次，所以他有留遺書給家人的習慣，他說：**「明天不可靠！人要把握眼前的一分一秒才重要。」**

海市蜃樓，幻影處處，點子倫老是看見綠色飄浮物體在眼前晃動，以為是海底人的顯影，事後證實是他的飛蚊症，小方所謂的螢光閃爍是他自己手上的螢光筆，水流下的光影被小鈺解釋成好漂亮的水森林，尚未抵達楓葉島，人人都繪聲繪影起來了，足見他們的興奮指數。

原本該是春天的氣候，海上卻如酷暑，陽光燒烤令人難耐，紫外線惡

狠狠地刺進皮膚，人人汗流浹背、頭昏眼花、瞇眼打盹；只有點子倫體力過人，船離楓葉島還有一大段距離，他便已站在甲板上翹首凝望，監視海底人的動靜，深怕一個錯過。

蔚藍的天，碧綠的海，風平浪靜，靜謐如詩，美景似畫，點子倫閒暇之餘，把腳蹺得老高，哼起歌來，歌聲嘹亮，海洋生活一小段時間，他逐漸修正自己與海的關係，想著海洋這麼包容人，人該如何學會包容它們。

點子倫的頭髮捲曲，鬍鬚慣常不會刮得很乾淨，衣服老是鬆垮垮的，眼屎結成球狀，說起話來噴出成灘的口水，讓人躲得老遠，但音樂細胞極佳，聞樂起舞，舞姿曼妙，與他的怪模樣一點也不相稱；他說話幽默，滿腹經綸，引證比喻有一套，堪稱開心果兼智多星。

這趟航程巧遇洄游魚類的歸程，引來成群的鯨魚緊跟在後覓食，背藍灰、腹部白、短鼻子、有胸鰭、背鰭像把鐮刀、尾鰭看來有點凹槽的海豚，在另一側虎視眈眈，覓食完畢後，在船邊嬉戲，時而靠近船身，時而遠離，縱身一躍緊貼著研究員滑過，彷彿在打招呼。

海豚嬉戲一掠的姿勢給了點子倫啟發：**「不會吧？萬一……不就糗大了！」**

他擔心老船長會不會也有飛蚊症，把海上飛躍的魚看成海底人了，這樣會很糗的，但**「沒有不可能的事」**，還是謹慎為妙。

傍晚，海安靜下來，酡紅的霞光照映海上，浪花濺起，折射出一道彩虹。

3 毫無預期的暴風雨

暴風雨毫無預期掩至，四月颱蓄勢待發！

斷斷續續開始飄下絲絲細雨，繼而一陣狂風，天氣捉摸不定，大海之中除了船的引擎聲、海的浪濤聲，剩下的只是無聊，白天的孤寂在夜裡化身成恐懼，整艘船只有習慣海上作業的阿米，作息如常，其餘的人都有些擔心受怕，深恐一不小心便被墨黑給吞噬了。

四周一片死寂，烏雲緩步跟了上來，氣壓漸低，悶得令人煩躁，老船長阿米以他行船多年的老經驗嗅聞出來，這是暴風雨前的寧靜。

傍晚霞光落盡，狂風就率先登場了，發出尖銳的呼嘯聲，夾著忽大忽小的雨，正面迎著研究船拍擊而來。

阿米深呼吸幾大口讓自己冷靜下來，但一顆心卻早已狂跳不止，忐忑不安，他必須盡可能使自己的頭腦保持清醒，研判風暴走勢，眼見風力不斷增強，劫數應該難逃了，二、三十年的海上生活，遇上的風暴不下數十次，但這次情勢最嚴峻，隊員們的臉上更是寫滿焦慮，這可是他們人生中遇上的第一個海上颱風，單憑船長的描述便已夠驚心動魄了。

點子倫嚴肅地與隊員摸擬每一種狀況，面對即將到來的風暴，他有不祥的預兆。烏雲瞬息萬變，一分一秒快速變得濃密，天空彷彿罩住一件黑

色斗篷，颱風來得比預期火速，夜沉下之前，風勢明顯加大，船搖晃得厲害，天崩地裂似的掀起幾樓高的巨浪，婷兒卻若無其事般伸開雙手作勢迎風，被好脾氣的點子倫訓誡了一頓：「你以為在拍鐵達尼號啊！」她嚇了一跳，吐了吐舌頭，轉頭回船艙。

狂野的風雨從間歇到沒有間斷的暴戾肆虐，整艘船快被撕裂開來，波浪洶湧挺立，猶如一道高聳危牆壓了過來，在船尾濺開，水花四散，彷彿隨時會被吞沒似的，孤寂和無助感瞬間感染到每個人身上，個個侷促難安。

阿米拍拍小東肩膀，輕聲地告訴他：「頂住！」

他再度轉過身來盯緊螢幕，確定暴風位置，並且提醒隊員們，現在的風雨只是小菜，大餐緊跟著就會端上了，他指了指航海圖，畫出一條路線，並說：「它會沿著這條漕線向我們撲來。」

阿米不停地揉搓著雙手，眉頭鎖得愈來愈糾結，不由自主地想起五年前在海上遇上颶風的慘痛經驗，當時暴風雨捲起一道十五公尺高的巨浪，吞沒大船，船員在大海中失蹤，他靠著一頂救生圈，在海中飄流了三天獲救。

這些前塵往事讓他更憂心之際，阿米口中的大餐說到就到，船身更搖晃激烈，像海盜船一樣。

「小心點。」

阿米面無表情地對點子倫說：「搏鬥了，連風都贏不了，就遑論找著

海底人了。」

「怎麼做？」點子倫也感受到緊張的氣氛。

「我也不知道？全速向南，拚拚看！」

「機率有多大？」小鈺面露不安。

「零，但還是得拚。」

「颱風眼那麼大，有可能進去無風帶嗎？」

阿米船長愣住了，直覺告訴他是個好建議，但能嗎？

「試試看！」點子倫的名言派上用場：「沒試怎麼知道不行！」

小東把船速加到最大節，引擎聲轟隆隆的，劃破黑暗寂靜的海洋，在暴風雨來襲前，顯得更加詭譎，每個人心中默念：「**加油！加油！命運操在自己手中，別放棄。**」

風勢摧枯拉朽，像巨人一般凶暴的撲了過來，海浪狂飆拍擊，船近乎飛了起來，他們雖然害怕但仍信心十足可以度過難關。

詭譎的夜，強大的風，懾人的黑，拼湊出一個令人膽寒的命運未卜。

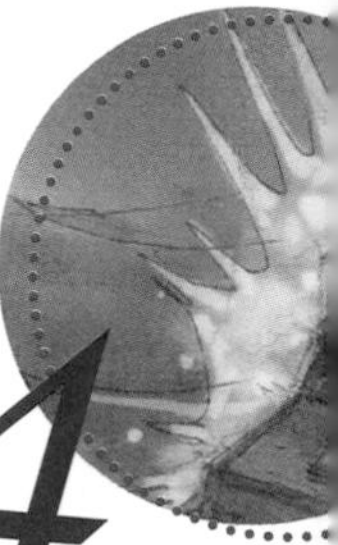

4 海上歷劫搏鬥

鬼哭神嚎繼續，澎湃長浪掀起一串水花，撞擊到船身，迸裂出爆炸般的音響，莫名的恐懼感在隊員們的心中竄逃。

大海像個憤怒的暴徒，左右開弓，飄流物被旋轉的氣流拉往上空，把玻璃擊成碎片，雨水迅速灌了進來。

好幾回船隻被狠狠地拋向半空中，旋轉一百八十度後，垂降至海面，每個人的五臟六腑都快被擠了出來，彷彿天旋地轉，一陣昏天黑地，只有阿米處變不驚：「海盜船？萬一被大浪擊沉了，就是幽靈船了。」

「大家抓牢！」

阿米發揮船長的本色神情專注，指揮若定，臉繃得緊緊的，很有節奏地喊著：「左舷、右舷、全速、向左、向右、上、下……」聽來像是替自己壯膽用的。

暴雨如珠，打在身上，痛得令人受不了，阿米船長顯得有些失控了，身上的汗像泉水般不斷從毛細孔冒出，髮、眼、鼻、口，全是水珠，單薄的汗衫早已溼透，風勢一點不減。

每隔一個間隙，就有飄流物從海中被彈起，像子彈一樣火力齊發地向船身攻打過來，砰、砰、砰，猶如爆炸開來似的，震得大家驚叫聲不斷。

「低下頭來！」

「快閃！」

「蹲下！」

阿米記憶裡最深切痛苦的一次是，他最好的朋友在十年前的一場暴風中，在他面前不到五公尺的地方，一根被風捲起來的漂流木擊中頭部當場死亡的場景，想到這一幕，他就有些傷感。

攝影師大山冒險捕捉暴風雨的畫面，阿米忍不住斥責：「保命要緊，都什麼時候了，還來這種職業病，小心沒了命，作品就成了遺作。」

「動動腦」是點子倫的口頭禪，凡事都要動腦想想，否則只能坐著等死，為了分散緊張，他動腦想出一個風中保持平衡的方法，船往右斜人的重心就往左傾，平衡一下；左斜時，就把重心往右傾。他根本不知道這樣做會有什麼效果，但與其讓隊員提心吊膽，不如讓他們分點心。

每個人全神貫注地揣摩暴風的節奏，左、右，左、右，澎、恰恰，澎、恰恰，擺動的方式有如規律的指令，暫時遺忘暴風的威脅。

緊繃的氣氛，總算多了絲喘氣空間，苦中作樂。

阿米鼓舞大家：「任何一位想把事情做好的人，都要具備過人的勇氣、堅定的信念、冒險與解決問題的能力，加油啊，小伙子們，你們行的。」

漫漫長夜與颱風爭戰十小時，恐慌指數急劇飆高，個個瀕臨極限！

強風如果再不止息，難保隊員們不會精神崩潰，事實上，他們的確幾近放棄，眼神空洞，絕望的任由風恣意肆虐，洶湧滔天的海浪，何時復歸平靜，他們完全不清楚，陣風拉出幾波尾盤，狂拂、間歇、再度狂拂、又歇了，時間愈來愈長，完全停了，他們度過了最危險的一刻，每個人明顯累了，眼睛布滿血絲，像洩了氣的皮球，攤下來便沉沉入睡。

夢鄉裡的阿米喃喃自語：**「千萬別跟大自然作對。」**

點子倫累壞了，隨即加入鼾聲派對，節奏感十足，沉沉進到夢鄉，夢一個接一個飛了過來，一夜攪動：

「你在找我嗎？」

夢中人的長相像極了阿米口中的長鼻子海底人，夢境斷斷續續，片片絮絮，交替出現了水電梯、水晶宮、神祕洞等畫面，清晰與模糊交錯，地板上的機關，最後墜入很深很深的洞裡頭……。

是夢？

5 奇蹟似的倖存

點子倫在夢中奮力掙脫，凶猛一踢，阿米慘叫一聲，兩個人都醒了，太陽火辣辣掛著，揉揉惺忪睡眼，確定南柯一夢。

「失蹤的舉手。」

他玩心不改，笑出聲來：「還好，只有海底人舉手！」

冷笑話無人答理，小方睡意矇矓夢魘般嘶吼：「別吵！」

阿米船長伸伸懶腰醒來，起身巡視失控的船隻，受損嚴重，船內滿目瘡痍，連動力也失去了：**「船沒沉，簡直是奇蹟！」**

左舷右舵一整夜，船隻飄來盪去，阿米船長凝望濛濛海上，根本不知身處的方位了，加上電力設施中斷，根本無法從螢幕上查出：「管他的，最難過的一關都過了，剩下的就是小事一樁了，不會比船沉了更糟。」

阿米船長輕嘆一口氣：**「在大自然之中，人實在太渺小了，根本作不了主。」**點子倫呼應的點了點頭。

在未修補好之前，看來這艘船只能隨它自由擺動了，風平浪靜倒也安全，一切便不用煩心了。

湛藍的海洋，無垠的天際，徐徐的微風，靜默得令人想不出昨夜還是無情拍打的狂風暴雨咧，生死一瞬間，小方起身後一直默默寫著航海筆記，幽幽寫下一筆：**「活著就好！」**

這麼有哲理的話，只有經過生死關卡的人才會懂得，狂風驟雨一天能僥倖活下來，真值得慶賀。與風搏鬥數回合，任何一個閃失都有可能使船隻四分五裂，滄海一粟應該就是這種感覺吧，小方若有所思：「大自然真是給我們上了一堂最寶貴的課了。」

阿米在機房中忙了大半天了，一直沒有出來，點子倫細心探視：「修得好嗎？」

「受損慘重，再給我一些時間吧，你去吹海風吧！」阿米隨即埋下頭修繕船隻，表情很專注，這是他的個性，做起事來異常認真，他私底下告訴過大方：「不管做什麼事，一輩子能做好一件就是功德圓滿了，靠的就是認真。」他的確是這麼做的。

婷兒自願當大廚，悄悄地把晚餐料理妥當了，端上甲板，香氣立刻溢了出來，每個人顧不得形象，狼吞虎嚥起來，霞光與星月交錯相伴，別有一番滋味。

「小島耶！」

前方不到幾海浬的地方，濃霧飄渺處，隱隱約約有座綠色島嶼，插水而立，遠望彷彿仙境。

「楓葉島！」

阿米一眼辨出這座似曾相識的島嶼，方位因而得以確認，隊員們不敢

置信，全把目光轉移至海中的翡翠色小島。

「是嗎？」點子倫有些懷疑。

「絕對是的！」阿米拍胸脯保證：「沒錯，一點也沒變。」

不可思議！暴風竟然把他們的研究船平移數十海浬，彷彿翅膀一般，用飛的進到了楓葉島。

從船的角度凝望近在咫尺的楓葉島，真像一片秋天的楓葉，與阿米先前的描述非常接近，比起周邊海洋的水色，島的四周藍得出奇，宛如仙境，雪白的浪花濺起，折射出一道彩虹，宛如浪漫圖譜。

「美極了！」

楓葉島美得如同一顆不小心掉進海中的祖母綠寶石，驚豔非凡。

6 楓葉島就在眼前

「楓葉島會不會真的是『海底人』的出入口？」

疑惑剛落，阿米伸手向東北方一指，濃霧的前方，隱隱約約地出現一輪又一輪的漣漪，之後氣泡冒了出來，先是幾十公分，接著一公尺，二公尺……最高點化成水花散落，嘿！海洋煙火秀嗎？

「海底人？」

阿米是貨真價實的討海人，海裡的事他總是第一個有感知，那是漁夫的天性吧，他一時興起與點子倫開起玩笑：「書你讀得多，海我看得多，陸上聽你的，海中聽我的。」不過這話倒無半點虛假，的確是真心話。

氣泡持續不斷地冒著，**「啵！啵！啵」**，聲音清脆。

從氣泡冒出到謝幕回歸靜寂，大約持續了十分鐘。沉寂五分鐘，又開始氣泡湧泉秀，宛如裝有定時器，自動播放水舞組曲，令人目不暇給。

「別只顧著觀賞。」

點子倫發出幅度曲折的激動抖音，提醒大伙兒這一次來探訪的目的，不是當觀賞者，而是研究員。他大力一吼，請隊員各就各位，該記錄的趕緊記錄、該攝影的趕快攝影，並且打開「物種辨識器」，收集資料。

氣泡始終沒有斷過，一波起，一波來，一片海全冒了泡泡，水湧動開來，泡泡從球狀變成球體，轟隆隆的，再重新組合，周而復始。

「海底人呢？」

戴著厚厚近視眼鏡的記者小方，用他微弱的眼力找尋，並且不停地指揮攝影師大山。左左、右右、前前、後後不停地嚷嚷：「快拍下來！」、「獨家呀！」、「轉成現場SNG。」、「快、快、快，動作快些！」

過於緊張的大山無論如何都對不好焦距，小方冷冷取笑：「拍氣泡嗎？」正當失望之餘，一個大氣泡向天竄起，拉高、拉高、拉高……有十層樓高的泡泡頂端，在陽光的透射下，現出一個人形的物體，抖抖氣泡，跳起水上芭蕾。

「望遠鏡……望遠鏡……」

點子倫隊長的嗓音變得好急促，婷兒火速把望遠鏡塞入他手中，他手忙腳亂地調整焦距，定格在氣泡處。

「哇！……海底人！」

點子倫口吃起來，說不清楚，聲紋裡帶著驚嘆、狂喜與興奮，竟不由自主來一個後空翻，如貓一般，凌空落地。

隊員爭搶點子倫手上的望遠鏡，忘了他們各自手中都有一個。驚叫聲擾動了寧靜的海洋，一個、二個、三個……不！是一群隊員們，隨著海浪的節奏搖擺起來，尋找海洋新興人類，遠方水花四濺，半刻鐘後，騷動的海洋再度恢復平靜。

「真是海底人嗎？」

7 迷人的逍遙

船隻失去了動力，在海中飄飄盪盪，移動的距離短得可憐，盪了過去又移了回來，像隻搖搖船，即使晶瑩剔透的楓葉島就近在咫尺，也彷彿遠在天邊了。

點子倫隊長下令每個人以手代槳，把船划向岸邊，口令是：「1、2、3、1、2、3……」

船緩緩駛進楓葉島北方的一處岬彎，有如人工開鑿的港口，森然排列著落羽松，延伸到森林，像極迎賓大道，長約一百米左右，點子倫迫不及待地躍下船游泳上岸，阿米隨後，一行人魚貫跟進，登上了礫石灘，石頭聖潔無瑕，在陽光下反射出金色光芒，顆顆都如珍珠寶石。

特異古怪形狀的岩石沿著沙灘佇立，煞是美麗，星羅棋布，有的像貓，有些如熊，其中有幾顆的造形簡直就像氣泡包裹著的人，勝景處處，魚、蝦、蟹、貝都像不怕人似地在淺水處悠閒嬉戲，時而探出水來觀望；海鳥占滿楓葉島的天空，來回飛翔，發出咯咯咯的低鳴聲，彷彿警戒部隊。

踏進楓葉島的土地更覺得簡直像座逍遙仙境，景色懾魂，點子倫收拾起平時的玩笑態度，很正經地告訴隊員們：「把魂魄收好，別被帶走喲，

準備開工了！」

楓葉島成了第一個探險處，點子倫囑咐隊員小心，畢竟彼此都不了解意圖，狹路相逢，不知會發生什麼事，阿米拋錨固定了船，一行人便繞過沙丘，爬越岩石，穿過荒蕪人跡、荊棘遍布的小徑，慢慢深入楓葉島這神祕之境。

天空閃爍著奇異的七彩虹光，湛藍的天空彩布配著紫綠，鑲著紅金黃，顏色煞是特別，雲霧飄浮穿梭在綠森林之中，彩帶顏色幻化無窮，怪

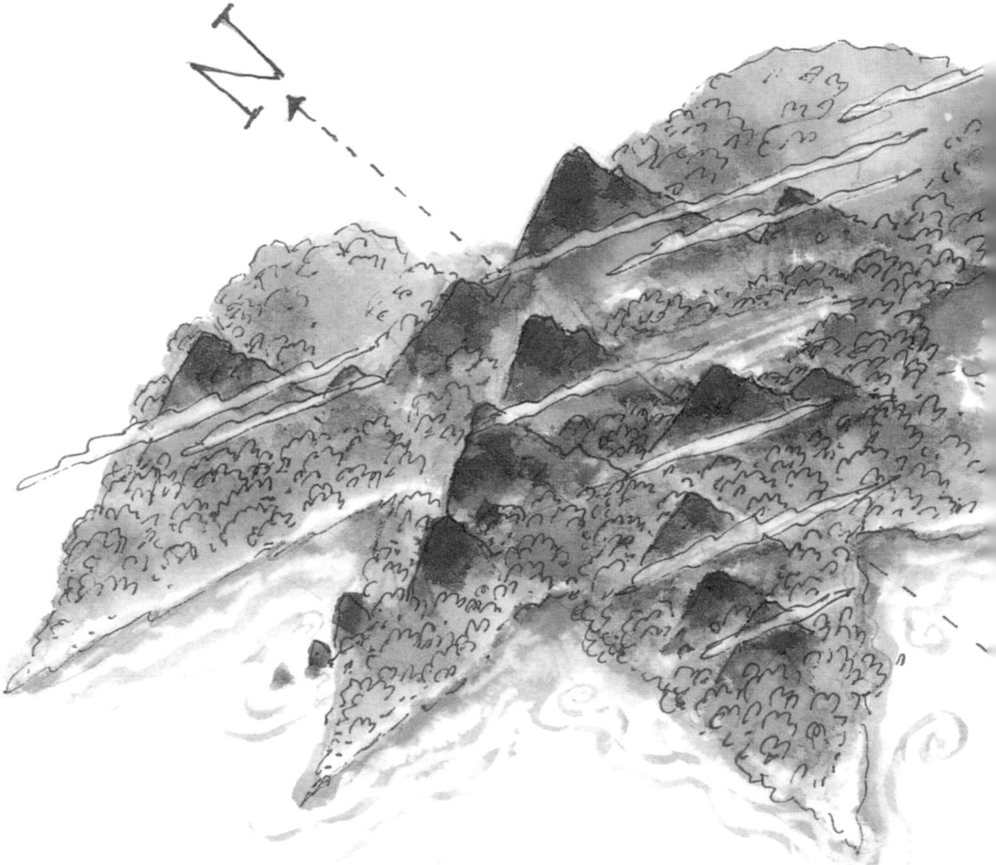
N

不得航海員稱它為**「魔幻島」**。

楓葉島的老樹嫩葉如新，彷彿吃了不老仙丹，葉子透明到吹彈即破的程度，閃出琉璃光澤，肌理分明的葉脈透明如鏡，連水珠運送的導管都清晰可辨。

「難道這裡藏有古中國的秦國王朝皇帝夢寐以求的不老丹藥配方？」

小方的推理引來小鈺的狂笑，但並非完全不無可能，楓葉島集合蠻荒、原始、瑰奇、豔麗、童話於一身，美得令人忘了喘息，非言語所能形容，物種很奇特，難保不會藏有瑰奇寶貝，或者人類難治疾病的處方。

「哇！」

大叫聲引人側目，原來是婷兒被沁涼有味的芬多精所吸引了，一股冰涼由鼻導入，穿越穴道，拍答、拍答的，掀開一個又一個的穴道，任督二脈全通了，人也變得身輕如燕，自覺年輕起來。

楓葉島上的空氣夾雜著茉莉花的酒香，讓人酩酊，在口裡繞呀繞的，甜甜涼涼的，眼睛隨之明亮。隊員們忘神猛吸新鮮有味的空氣，魔幻島立刻變身「呼吸島」。

「如果城市都像一座綠油油的森林，那就太美好了！」點子倫有感而發。

「是啊！」阿米應和：**「可惜，這個世界太多貪婪的豬頭了！」**

「誰是豬頭？」

「有權的人吧！」兩個人異口同聲，對望相視大笑。

楓葉島上，連草都散發異香，小動物會盯著人看，原本緊繃的氣氛，因為這些天然盛景而鬆懈下來。

探險隊員靜靜的感受這股奇特的氣氛，美的景致與暴風雨的恐怖恰巧成了對比，令人醉在仙境之中。

夜慢慢深了，他們準備紮營休息。

8 洞窟藏著的祕密

「我懂了！」

點子倫睡夢中突然驚聲尖叫，表情十足，嘴裡不停的咿咿呀呀，喃喃自語：「神木的寒氣，可能就是讓我們從酷熱瞬間變成陰涼的作用力，就像寒冰掌一樣，可以瞬間結凍，所以我們來到楓葉島前，才會覺得有股涼意流入心肺，舒服極了。」

阿米與他夢中對起話來：「你是武俠小說看多了嗎？想像力超豐富的！」

「對了，關鍵就在這座島。」

……

……

……

兩人一來一往毫無冷場，夢話對招真好笑，但疲憊的隊員們個個睡昏了，無人聽見這精采一幕。天光初亮，備齊工具，一聲「**出發**」，繼續向未知的幽境前進探險，森林裡陰冷潮溼、每一步都走得很艱難，費力撥開草叢開出一條小徑，濃密的林子遮住大部分的天光，只露出微微的光線，從林葉處篩了進來，能見度極低，可是，隊員們沒有不安，反倒期待盡頭處的仙界。

美麗的期待，讓隊員們想像雲深霧濃處是美麗的桃花源。

與暴風雨爭戰多時，點子倫的體能尚未恢復，明顯體力不支，走得搖搖晃晃的，他們開拔沒多久便聽見他的喘息聲，跌跤多回，最後一個踉蹌，身體失去重心，滑了一個大跤，人飛了出去，滾了幾

圈，身體失去平衡，便連人帶包包、器材一起滾落了山谷，他本能緊閉雙眼，唰、唰、唰，幾個自由落體，耳畔聽見隊友們的驚呼聲，由清晰到模糊，接著便不省人事了。

落地的瞬間，點子倫一度醒了過來，整個人有如彈簧一般，輕輕彈起，再緩緩落下，不知過了多久，睜開雙眼，發現自己躺在綠草如茵的草皮上，彈性十足的草，非常奇特，摸起來柔軟，躺起來很舒服，他回想起落地的剎那，把他彈起的，應該就是它了。很幸運的，除了一點小擦傷與筋骨微疼之外，基本上毫髮無損，草毯邊有個奇異山洞。

洞中幽暗，結滿厚厚的冰層，寒氣源源不絕輸送出來，四月的春處處掛著冬雪，顯得有些怪異，四周全是懸崖，像石牆一般擋住去路，想返回與隊員會合難如登天，山洞是唯一可能的出口。

他毫不遲疑地拍拍身上的泥巴，提足一口氣，緊握雙拳，催眠壯膽一番，慢慢走進幽暗的洞內，颼颼的寒意讓他忍不住打了幾回哆嗦，沒多久，耳畔便傳來涓涓的水流聲，點子倫本能的從背包裡取出禦寒衣物穿上，打開手電筒後，眼前馬上一亮，洞內逼人的寒氣像極光一般看得見，稀薄、拖曳、飄浮的寒氣在山壁上四處游走；美麗的鐘乳石，在手電筒的光芒映照下，散發出迷人的寶石光。

時序是春，但楓葉島依舊停留在冬，冷冽凍涼，山洞內更是冰鎮，溫度急速下降，寒意逼人，眼前數尺盡是似雪蒼白，冰柱由薄至厚，一寸、二寸、愈積愈厚，偶爾可以見著幾十尺高的冰柱橫陳洞壁，由壁上滲出的

水泉，悄悄凝結成冰，水打在冰上，發出啵啵啵有如音階般的聲樂。

洞內的滴水聲不斷，好似浪漫的水晶音樂，節奏輕快地迴旋在每個角落。涓流匯聚成潭，潭約十公尺寬，點子倫拿起隨身的拐杖往水下探測，淺水處及腰，深水處約莫一個人深，流水緩緩，黑色光點四處晃動，走近一望，原來是魚。雙眼陷落，可能是盲魚，這麼黑的洞中，有無眼睛可能毫無差異，反正洞中幽暗，沒有天敵，憑感覺就成了。

突然間，不斷有氣泡冒出，一圈又一圈地慢慢擴大成漣漪，由遠而近地裂開，宛如天女散花。

「哎呀喲，這氣泡冒出來的形式怎麼與海中所見那麼像？」點子倫自言自語，回音在空氣中畫出一道完美的弧線。

「嘩！咻！阿里布答！」

這絕非點子倫的聲音，幽冥之中更像是對話回應，從更深的洞內傳出來，他嚇了一跳，本能地往後退了幾步。

9 夢幻湖的玄機

黑影從頭部掠過，點子倫自然的側身左閃，原來是一群被驚動的蝙蝠從高處竄飛出來，糞便不偏不倚正中他的嘴角，他搖頭笑了起來，自覺太緊張兮兮了。

洞內處處勝景，巧奪天工，雕梁畫棟，大自然的鬼斧神工在此展露無遺，實在太精采絕倫了，簡直像座華麗的宮殿。

水聲變得更清晰了，聲勢浩大，轟隆作響。

「瀑布？」

微微的亮光從前方射入，點子倫覺得出口應該在前方了，他不由自主地加快步伐，朝前快速走了過去，十分鐘後，幽微的光斜斜地射進眼簾。

點子倫心中有譜：「脫險了！」

瀑布聲從洞內岩壁滲出來的水，集成一條小河傾瀉而下，他推測：「前方可能是出口」，但高興得太早了，往前再走五分鐘是一條直落千尺的飛瀑，點子倫用雙手緊緊抓住岩壁，側身俯瞰，下方是一座湖，面積至少好幾公里，一直延伸到煙霧瀰漫的綠森林。

目視推斷，飛瀑到湖有二、三十公尺，深度約莫十米，除非化身蝙蝠俠或者蜘蛛人展示攀岩絕技，只是岩石溼滑，危險度極高，再不然就得跳

水了。

點子倫曾是跳水好手，十公尺高台不是難事，但二、三十公尺便從來沒有嘗試過了，深度也是一個問題，會不會重力加上速度，撞上底部岩盤一命嗚呼，不跳的話，大概不是餓死也會冷死，一躍而下，搞不好還有死裡逃生的一線生機。

他危危顫顫站立在瀑布前，舉棋難定，最後緩步走向唯一可供站立的突起岩石，深呼吸數口，準備凌空飛落了！

「很危險啊！」

點子倫暗自緊張，但一個轉念：「連試的勇氣都沒有，就不必來探險了，嗯！跳吧。」

首先將防水背包往深潭拋去，運氣丹田，彎下腰，挺直，採用魚躍龍門之姿，縱身往下一躍，人便從高處的瀑布洞口快速落下，沒多久便撲通一聲入了水，整個人幾乎觸到了湖底，直覺是水泥硬物，震暈幾秒鐘，迅速回過了神，奮力鑽出湖面吸氣，往前游了幾十公尺找著背包，慢慢游上岸。

褪去溼衣物，取出百分百防水背包中的乾衣物換裝，升起一團火祛寒，烘乾衣服，順便煮一鍋飯，終於靜下心來得以好好欣賞這座綠翡翠裡的幽夢小湖，水質清澈，倒影處處，彷彿明鏡落九天，掬水飲用，發現甘洌可口，清涼脾胃。

美景相伴下，沉沉入了夢鄉，似曾相識的夢又來了，但這一回是湖，

湧泉冒出，氣泡竄起。

「氣泡……？」

高大的落羽松後彷彿有人隱身盯著監看，偶爾微微探出頭來，用雙眼掃描，發出節奏一致的啵啵聲，但定睛一瞧卻又什麼也沒有發現，他忍不住對於自己的瘋瘋癲癲、疑神疑鬼覺得好笑，直覺有點神經了，置身猶如人間仙境的詩情湖畔，的確很容易引發幻覺，這應該是很正常的現象。

「如果人類的生活環境都像楓葉島一樣，潔白美麗，煙塵落盡，那就太好了。」

點子倫雜亂的心慢慢靜了下來，一切等待明天。

10 探險隊員的失散與重逢

心急如焚的探險隊員，開始擔心點子倫的安危，但卻一籌莫展！

阿米船長多次拉開嗓門嘶吼吶喊，聲音在空谷中拉成一種波紋細膩的幅度，但卻茫茫杳杳毫無回音，這麼深的山谷，跌落下去可能凶多吉少，但無論如何，活要見人死要見屍，他們都得找到點子倫隊長才行。

阿米最扼腕的是，點子倫攜帶了幾組微型儀器，都因暴風雨的關係，有些折損，有些則掉進了海中，僅剩的一組分析儀點子倫隨身帶著，最管用的「物種辨識器」弄壞了，否則這一刻也許可以派上用場，方圓三公里以內，只要有人跡移動，判準率極高，至少可以定位出點子倫的方位。

可是太遲了，只好一寸一寸搜索了，隊員們相互打氣，兩兩一組分成三個小隊，分頭找尋，西線的大山與小方出發沒多久就傳來好消息，他們在懸崖處發現一條野徑，幽冥處直指山谷，但斜度約有六十，下坡非常難行，風險極高，卻是唯一的可能性，阿米要求每一個人小心再小心，踩實了，再走下一步，慢慢移動，減少踩空的危險。

「天黑前務必下到谷底，否則就後撤或者停下來，要不會有大麻煩。」

阿米的話剛完，攝影師大山便滑上一跤，順勢空翻了兩圈，身體彈射

出去，幸運的被一棵高大的喬木擋了下來，驚聲尖叫再度四起，聲音在山谷中迴盪，只見大山很鎮定地起身，拍拍身上的泥土，揮揮手示意沒事。

阿米船長眉頭深鎖告誡隊員：「拜託了，各位，別急、別急，安全重要！」

大約走了四小時，霞光漸漸隱入西山頭，層次分明的天際線昏暗下來，耳畔隱隱約約傳來滴水聲，遠近難辨，有時像涓涓細流，有時萬馬奔騰，彈進耳中。

「谷底快到了。」阿米興奮之情溢於言表。

「瀑布？」

銀白色有如長龍的瀑布，從岩壁噴出，龍吐珠一般，灑落千尺，筆直注入湖中，隊員們加快腳步，終於到達湖畔，眼前美景比起楓葉島更令人震懾，勾魂似的，他們忘情欣賞差點忘了點子倫，阿米要求大伙集氣大喊：「點子倫隊長，點子倫……」

點子倫曾是跳水選手，他們認為如果跌落時沒有失去意識，有機會躍進水中得救；另一頭，呆坐在湖畔的點子倫，隱約聽見幾聲破空傳出的呼喚聲，簡直難以置信，昨天還恍如隔世，再一天就被找著了，真像小說情節，他提起丹田的一口氣，大聲地回應：「我……我……在這兒！」

所有隊員都聽見這個幽微空靈的回應了。

奇蹟啊！

「你在哪裡？」

隊員們齊聲吶喊，聲音繞過巨岩彈射過來，他們分踞湖的兩邊，被一顆巨大的岩礁隔出兩半，必須一方泅泳到對面才可會面，點子倫當機立斷：「我的傷勢不重，游過去可以的！」話畢，他便撲通一聲躍進了水裡，從岩石下方的細縫泅游過去，鑽出水面的瞬間，隊員們一陣驚呼，小鈺激動落淚，緊抱著隊長。

點子倫簡略地說明得救的經過，並且告知這段奇遇的發現：**「山光水色的湖可能是海底人的祕密基地？」**

是否如此，他不得而知。

11 海底人即將出現

點子倫彎下腰，掬一瓢湖水往臉上潑，一滴滴像珠簾滑落，沁涼到每一寸肌膚，舒服極了。

「唷！水怎麼是鹹的？」

點子倫發現祕密似的，驚叫開來！

「這有玄機？」

鹹水湖？

點子倫的微型探測儀此刻正好派上用場，酸鹼值數字顯示的確是鹹的，傳送回來的湖底圖檔也間接證明阿米船長先前的推測，楓葉島是一座挖空的島嶼，湖中有著一個連著一個的立體物，彷彿洞穴或者房舍之類的，但具體是什麼就不得而知了。

眼前的湛藍之湖藏了一些待解的謎團是肯定的，只是該從何處解起？隨著時光流逝，除了美景之外，一無所獲，依舊雲升霧落，風來雨起，夕陽餘暉，樹影倒映，偶爾竄出來幾隻野生山羊湊湊熱鬧，喝幾口水便又竄進了綠森林，茶褐色的攀木蜥蜴像隻獅子一般盯著人看，有香瓜這麼大的個頭但動作非常輕盈的綠樹蛙撲咚撲咚跳下水。

因為白天都沒動靜，所以點子倫決定守夜。他在湖畔架設高倍數的夜視鏡，微型探測儀則放進湖中一尺的位置，三百六十度上下左右轉動，並且連接電腦收集資料，他則隱身湖邊靠崖處的天然掩蔽石，視線絕佳，風吹草動全看得一清二楚。

他坐著坐著引來瞌睡蟲，約莫十二點左右，被一連串的聲音吵醒：

「這麼晚了誰還在聊天？」

點子倫隊長嘀咕兩聲，又沉沉睡去，沒多久，再被怪聲音吵醒，他睜開瞇成一字形的雙眼，環視四周，起身巡視每位隊員，個個睡得好沉，除了鼾聲外，什麼也沒有，可是，到底是誰在說話呢？

他用溼毛巾擦擦雙眼，把耳朵清一清，豎直耳朵，頭搖了搖三下，再用力拍拍自己的腦袋四次，確定清醒了，呼吸聲壓得很低，腳步踩得很小，側耳聆聽，確定聲音從湖心傳來。

他把藏身在湖邊的巨石下的身體再壓低了一點點，盡可能貼近地面，仔細觀察動靜，心裡卻很踏實地明白，奇蹟即將到來了。

湖心泛出一輪又一輪的漣漪，由中央往外擴散開來，像有頻率的聲紋，一圈接一圈，發出悅耳的啵啵聲。

「人？」

一團黑影緩緩地從湖心竄出、拉升，像一朵出水芙蓉，在空中轉了一圈後，再緩緩入水。

夜幕低垂，月光被雲遮住大半邊，濃黑難識，但隱約看得出是個人樣，鑽入水中，浮出水面，吐著氣，冒出氣泡，翻身再入水，美麗曼妙地跳著水上芭蕾，把湖水泛出一輪又一輪優美的紋路，他完全看呆了。

點子倫情不自禁拍手鼓掌，聲音乍落，那個物體馬上「唰！」潛回湖中。

他為自己剛剛的冒失舉動感到扼腕，等了一夜，奇蹟卻被自己的冒失打斷了，不知這種美麗的邂逅是否還有下一回？

點子倫收回微型探測器，取出磁卡插入電腦，但螢光幕上卻是一片空白，偶爾有一個小小黑影晃過，但說不上是什麼？頂多是昆蟲罷了，他不禁懷疑前一日夜裡看見的是真實還是幻影？

接下來幾個夜晚，星月交輝之間卻靜得懾人，探險隊員好幾夜沒闔眼，但什麼也未再發現，實在撐不了，決定暫停一晚，好好補眠。

楓葉島的夜色美得出奇，可惜任務在身，無法盡情欣賞，如此逍遙仙境，讓他動了歸隱的念頭。

探險隊員度假般閒散起來，點子倫板起臉提醒大家此趟的任務，他不死心的再次瀏覽一遍探測儀的資料，即使缺少畫面佐證，但是聲納反射波折射回來的資訊依舊可供參考，他反覆思考解讀，覺得有一處可疑，在湖中一粒巨岩的下方，水特別藍，波紋線連結起來是一座拱門，斜切入水，彷彿階梯。

這是海底人的出入口嗎？

12 機關重重的軟武器

月亮高掛，一朵雲飄移過來，停在落羽松的樹梢上，成了孤松明月的美景。

一整天在湖畔守株待兔卻毫無所獲的點子倫，頓時童心大起，拾起湖畔旁被沖刷成平扁形狀的礫石，微微彎下了腰，使力地飛射出去，石頭在湖面飛馳，折出一道美麗的弧線，他再度彎下腰，用力飛射，這一次更美，石頭平貼在水面射出十七道曲線優美的弧線。

風突然大了起來，葉子從山林一路滑降下來，模樣真像點子倫射飛出去的礫石，貼著湖面，一顆星、二顆星、三顆星，也是完美的十七道弦線，一片葉、兩片葉、三片葉，都做出同樣的動作，太有意思了。

點子倫認定那是一種預示，但預示什麼？

他用狐疑的眼神凝望四周，除了風聲之外，沒有一絲怪異。

時光一分一秒慢慢流逝，湖中始終沒有任何動靜，眼皮終於不聽使喚瞇了起來了，正當快進入夢鄉之際，他們聽見奇幻的波浪聲，湖水緩緩旋轉，繼之迸裂開來，啪的一聲，發出巨響，如此重複五六次，隊員們猛然驚醒過來。

湖水拉出了一波接一波華麗的長曲，旋轉，舞動，拉高，緩緩落了下來，阿米與其他隊員陸續走出帳棚查看，全都目瞪口呆，曇花一現之後，湖水復歸平靜，彷彿什麼也沒發生。

靜下來的瞬間，他彷彿幽幽聽見風中飄來的聲音：「點子倫？」

他愣了一下，很快便鎮定下來，心想應該是聽錯了吧！他們決定另闢蹊徑，不要被動等待了，而是應該主動出擊。探險隊很快便找著一條隱密的小徑，轉彎處有一座黑漆漆的山洞，宛如迷宮，洞中有洞，岔路不斷，深不見底。

阿米直覺那是個別有用途的洞，小鈺說的話古靈精怪：「嗯！可能是跳水訓練基地？」話語一出，沉悶的氣氛融化了，激出一點笑意，婷兒拍拍她的頭：「小姐，真有你的，虧你想得出來。」

洞內的牆壁上到處是彩繪，主題非常高科技，比如說：頭髮與青綠色悠悠然的水草嫁接成草髮；空氣中的氮可以打破化學的界線轉成氧，腳進化成蹼的推理；水的三態的應用與實務；水下玻璃屋製作理論……，阿米邊看邊驚嘆：「厲害。」

大山用攝影機記錄下來，直稱：「有學問。」

點子倫隊長看了這些作品，愈發相信此洞與海底人有關，走進洞內深處，立即幽暗起來，寒氣逼人，水聲嗚嗚，像人的低吼聲，他們不由自主提高警覺，突然間，數十粒圓形的物體從四面八方的洞壁射了出來，隊員們本能彈了開來，各自中了幾彈，每個隊員都痛得發麻，但檢視一下被打中的部位，卻毫髮無傷，沒有任何傷口，暗器竟然是一團草而已。

草箭接著筆直射了出來，在空中頓了數秒，轉彎深深的插進岩盤，點子倫看得頭皮發麻，悚懼起來，這麼強的力道是怎麼辦到的？那是預警吧，顯示對方知道他們來訪，並且展示戰力，一把草可以射入岩盤，這種科技讓人無法想像，像子彈一樣的速度，可以停頓再轉彎，這並非現今物理原理可以解釋的，他們擁有驚人的科學，但至少截至當時為止仍是善意的，無加害之心，只是再探險下去，結果就未知了。

前進或者後撤？

點子倫陷入左右兩難；人家在暗處，他們在明處，危險性不低，最後他依舊做出繼續探險的決定。

十分鐘左右，小方感覺到腳底碰觸到一粒突出的岩塊，覺得有異，鬆開之後馬上天旋地轉發出轟隆隆的巨響：「機關！」

岩石裂出一個迴旋狀坑洞，小方、阿米與點子倫隊長紛紛跌落，其餘四人往後一躍逃過劫難，驚魂甫定，回頭一瞧，三人身影早已消失。

阿米感覺那墜落的過程彷彿搭一台迴旋梯，旋風式轉到地下，撲通落入水中，反彈起來再跌落，人便完全失去意識。

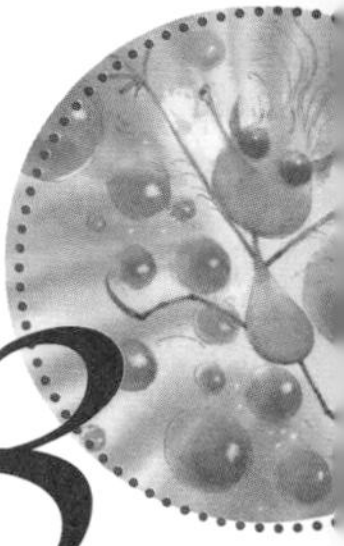

13 讓人眼睛一亮的玻璃屋

三個人幽幽醒來，這才發覺他們躺在乾涸的圓形物中，是一間玻璃屋，外頭波光粼粼，但水卻一點也滲不進來。

玻璃屋彷彿一座監牢把他們囚住了，萬一乾糧吃光，再不找著出口，鐵定餓肚子，這就慘了；有好多次，他們隱約聽見人聲，卻不見人影，在完全透明的空間，人是不可能隱藏的，莫非有密道，或者這裡是異次元空間……

正當滿腦子胡亂猜測時，屋外的另一個玻璃屋晃動了，屋子有規則轉動起來，速度愈來愈快，水泡急劇冒出，水位急速升高，玻璃屋注滿了水。點子倫驚訝莫名：「真有機關！」怪不得明明覺得掉在水中，醒來時卻乾涸無水。

過沒一會兒，玻璃屋中的水又起了漩渦，氣泡冒了出來，有如神鼓，震天價響，最後一條水柱拉高十公尺，一個身影浮騰起來，褪去身上的水珠子，從水柱上緩緩落了下來，點子倫驚訝出聲：「**海底人！**」？

形貌的確很像阿米口中的海底人，而且就在眼前，一目瞭然，不是幻影。

隊員們自動把瞳孔放大數倍，用力凝視，完全是人的形貌，乍看之下，骨瘦如柴，身形高大，細眉厚脣，眼睛特大但不失靈秀，圓睜睜的深邃眼睛四處打量，咕嚕嚕的轉個不停，的確是人，只是耳朵、頭髮長得怪一點，尤其鼻子特別的長，像一根吸管。

這就更怪了，還會講與他們一樣的人話，說話乾脆俐落，不拖泥帶水：「你是點子倫隊長？」

「你就是阿米船長？我們最常被你撞見，真是有緣呀！」

他端詳了一會兒小方：「你的報導寫得不錯。」

海底人的聲音非常低沉，頗能震懾人心，讓人嚇出一身冷汗，莫非他們在隱密處裝有竊聽器，接收訊息，早早弄明白他們的底細，孫悟空亦逃不出如來佛的手掌心。

海底人嘴角抽動一下，笑了出來：「我們都會讀心術。接收腦波資料，送進讀心器讀取，馬上就可以得出人的心思，就如同你們收音機的原理，收聽想法與做法，從你們登上楓葉島那刻開始，我們便持續接收你們的腦波紋，分析掃描，得知你們沒有惡意……」

海底人一口氣講了一長串，聲如洪鐘，點子倫心想，他們知道一行人只是科學研究人員，善意的，至少表示不會遭遇不測了。

海底人的頭髮長成綠色的，散亂如水草飄逸，鼻子有如一支吸管，眼簾緊閉有如密不透風的潛水鏡，闔上時滴水不沾，張開時水滴會自動凝結消散，真是神奇，其餘和人類並沒太大差別，但是下半身一直浸在水中，無法看得清楚。

「你真的會讀心術？」點子倫隊長似乎有些不相信。

「那是我們的先進儀器，連夢都可以解讀得出來。」

海底人打開話匣子，止歇不了，知無不言，言無不盡，彷彿八似的，這讓點子倫非常感慨，人類的世界反而什麼事都藏一點、隱瞞一下，沒有真心，而在這裡竟然沒有虛偽。

「真有海底人？」

廢話一句，眼前活生生的便有一個了！

海底人被他這一問逗得哈哈大笑了，原本嚴肅的表情，化成朵朵蓮花：「真的，而且不是一個，我們是一個新興民族，建造一座海底城堡。你們一定有很多疑問，但我一下子可能無法完全給你解答，你們先休息，明天帶你們參觀。」

玻璃屋再度急速湧動，水瞬間乾涸，海底人緊接著消失無蹤。

面對點子倫的失蹤，其餘四個人舉足無措，嚇出一身冷汗，瞎子摸象似的，在山洞裡裡外外找了好幾遍，沒有尋著任何出入口，小鈺用力踩踏機關石，不再有反應。

小東建議，先撤回湖畔，救援方式從長計議。

14 第十次文明

玻璃屋轟隆作響，氣泡湧出，泛出陣陣漣漪，此刻它像一部魔幻「水電梯」，移動比先前快速許多，而且可以上下垂直游移，真的很神奇，最後一扇隱形的門打開，海底人走了出來：「參觀海底城堡的時間到了，但是你們得先靜下心上一堂課，聆聽我們的故事，到時候你們可以決定看或不看？如果想先回去的話，我們會立刻讓你們離開，與隊友會合。」

點子倫含笑微微點頭。

「我讀得出來，你最想了解知道海底人的故事，對不對？」

這點是無庸置疑的，科學研究船千里迢迢來到楓葉島勘察的目的正是如此，怎麼會不想知道呢！點子倫托住腮，聚精會神，表情很專注，海底人提了一口氣，清清嗓門開始一段美妙玄奇的故事了：

「嚴格來說，我們是上一段文明的殘餘人，當時這個島與陸地是相連的，它是我們的實驗林場，與你們一樣，文明進步到一定程度之後，人就學會了濫墾濫伐，那是難以止息的慾望，錢真的麻煩，有了還想再有，多要更多，慾望橫流便帶來了災難，有樹的地方幾乎被砍光了，包括這裡，只為了人自己設計出來的一種叫做財富的東西，可是萬一土地不合適人居住了，錢能幹什麼？

嚴格來說，我們是地球災民，文明的進化本來該靠人文，但我們卻使用戰爭，因而帶來毀滅；那是公元前四十七萬年的事了，離現在相當遙遠，地球幾近全毀，所以沒有記載在文明的史冊之中，當時我們的科技比現在先進一百倍，科學家發明的武器樣樣具有強大的毀滅性，為了證明威力可以摧枯拉朽，於是挑起了戰端。

這些人無知的相信，有能力解除戰爭帶來的麻煩，事實證明是無能為力，戰事一發不可收拾，煙霧漫流，最後淪為焦土，魑魅魍魎流竄如同鬼域，我們是唯一倖存者。」

海底人大聲長嘯：「阿米船長說楓葉島是鬼島，某種程度是真的，當時真像鬼島。」

海底人吞嚥了一大口水繼續說：「我們也是移民者，當時的J星球也因為人的貪婪才遭致滅絕的，人卻一再重蹈覆轍，建造了嶄新的文明卻依舊逃不掉輪迴，再度瀕臨滅絕。

……

……

當年的武器叫做「玄子」，一種爆炸力極強的新型武器，讓人類踢到了鐵板。」

海底人再度長嘆一口氣，但表情堅毅：

「我們是不會被擊潰的，我們花了很長的時間重建，而今陰霾已經一掃而空，現在的心情是蔚藍的，我們反而打造這座傳說中的逍遙仙境。

玄子的威力超級強大，是核子的一萬倍，爆開來的彈屑會立刻與空氣中的元素結合成新的傷人武器，無限連結下去，例如彈屑與氫結合成了氫彈，與氮結合成氮彈……一時間地球上四處爆炸，不停結合再爆炸，彷彿火樹銀花了，烈焰直竄百公里，捲起狂沙億萬噸，用大於光速十七倍的速度向世界各地散去，臭氧層剎那破壞，熱浪一波又一波襲來，紫外線爆量，大量牲畜一夕之間滅種，氧氣大量燃燒，所到之處會瞬間陷入缺氧狀態，人類不是被太陽燒烤而死，就是缺氧而亡。」

「啊，威力為什麼這麼大？」點子倫聽得目瞪口呆。

「你們未必能理解！」

「哦！」

「往好處想吧！你們還得等上百年、千年才會遇上這場浩劫。」

「全死了嗎？」

「不！我們不就是活口嗎？」點子倫對自己的失言感到抱歉：「怎麼活下來的？」

「奇蹟吧！你們紮營那座湖本來是人文科學家的災難救援所，預備萬一發生地球毀滅時的避難站，正在實驗階段，沒料到會提前派上用場，它是密閉的，採用高壓防爆的設計，提供新鮮空氣，實驗者與自願者住在裡面，沒料到因而得福。」

探險隊員全聽得入神，彷彿陷入當年的風暴裡，渾身發燙，米粒大的汗珠，從額頭上往下垂降了下來，模樣很滑稽。

「這些存活者便是你們的祖先？」

「嗯！」

海底人點點頭，點子倫留意到他的眼眶靠左角的地方，有一顆眼淚緩緩滑動，與水珠一塊倏忽流了下來，點子倫感慨，科技似乎不全都是正的，如果少了愛，沒有關懷他人的心，私心太強，也許一個按鈕，幾十分鐘，便全毀滅了。

15 醒世水書《地球箴言》

這段歷史非常值得人類警惕，海底人的先哲因而寫下一本醒世水書《地球箴言》，第一章提到，人類的文明並非只有一次，早就毀滅重生重複九次了，第十次隨時會發生！

每一次的原因都是太過文明，致命武器生產出來後搗毀了自己創造出來的文明，浩劫餘生者再從原始人進化，這個說法某種程度解答了四十六億年的地球，為何人的歷史只有短短數千年的謎團了。

「這本書還在嗎？」阿米頗感興趣。

「當然，它就在湖中，你們用的是紙，我們則利用水紋折射，書寫在水裡，借由光的反差閱讀的，水是我們的一切，什麼事都與它有關，我們可以請專人秀給你們看。」

「水書？」

「很神對不對？它的概念與你們的電腦硬碟很像，我們叫它『幻影碟』，用水來儲存記憶，鎖碼前世今生。它們不會有任何毀損，我們隨時可以找著祖先的資料，叫喚出來，這個科技的先進之處在於能夠複製大腦資訊。」

第二章說到地球進化論：「地球透過四十六億年演化，從荒涼到蓊鬱蒼蒼，荒漠才有了甘泉，草原上長出了草，森林裡綠意盎然，平衡之道讓人有了合適的居所，但是人類在短短的時間就讓它毀滅殆盡了。」

講到這段史實，海底人的嘴角明顯嚅動一下，眼簾輕輕閉闔，吐了一口悠悠長長的氣。

原來海底人曾是如假包換的地球人，因為文明而失落的他們，反而因禍得福，找著桃花源的魔法地圖。

點子倫不愧是科學家，問題直指核心：「為什麼非演化不可？」

「不演化只能等著滅種，浩劫後的地球並不合適人類居住，演化是必然的事，科學家花了半世紀研究得出水草與頭髮嫁接的原理，能夠在新長成後不排斥，成了一頭自然的水草綠頭髮了。

氧氣可以直接從綠髮梢進入人體，不必吃飯也能活，現在我們還能行水合作用，靠水的轉化產生的能量就可以工作一整天了。」

「真神奇！」

小方露出讚嘆的表情。

「嗯！」

海底人一臉沉醉，時間一分一秒地流逝，點子倫也跟著陷入沉思之中，海底人終於慢慢張開了眼睛：「綠髮有時也可以成為導管，深入湧泉之眼，直接取氧，至於氣泡，則是以備不時之需，萬一綠髮失去了水合作用與汲泉能力，它可以暫時使用身上的氣泡轉換成氧氣，作為暫時的呼吸器。」

「長鼻子也是因為呼吸而演化的嗎？」

點子倫的疑惑被挑拌開來。

「聰明，但只對一半，它還有一個功能是當做呼吸管使用，我不知道你是否觀察入微，我們游泳時鼻子是上仰的，有點像水肺的作用，它讓我們不費力地生活在水中，更重要的是，它有伸縮功能，在淺水處鼻子變短，遇到深水處則鼻子自動加長，延伸到一百米。」

點子倫忍不住驚呼。

阿米船長的心裡想：「是真的嗎？」

心思馬上被偵測到：「當然是真的！」

謎團漸次解開，來龍去脈很清晰了。

文明這件事到底文不文明？點子倫有了一番新的領悟：**「進步創造文明，但文明卻又創造毀滅的工具。」**這典故太熟了，一如上帝創造了一粒自己搬不動的石頭寓言，的確很諷刺。

海底人明確解答湖與海之間是否相連的迷惑：「湖與海確實相通，密

道開啟道之後我們得以直通大洋。」

阿米船長依舊百思不得其解：「目的呢？」

「『海湖通道』是保命的祕密基地，雖說已過了幾十萬年了，我們依舊未完全相信人類，深怕再有禍事，保留這處孔道有其必要，萬一第十次劫難降臨，我們才有把握在一分鐘潛回基地，安全存活下來。

你們一定沒有發現，楓葉島上的天空有一個橢圓形的透明天罩，把這座島遮了起來，必要時將變身成是遺世獨立的天地。」

疑惑真的解了，文明原來不是可靠的東西，貪婪、野心與慾望足以使它一夕崩解，這一點值得現今的人類警惕。

想到這裡，點子倫長嘆一口氣：**「原來文明未必帶給人們幸福的，未蒙其利有時反而先受其害。」**這些事讓人傷感。

16 奇妙的體驗之旅

「地球裡的眾生本是平等的，人不該以為自己唯我獨尊，真的。」

點子倫若有所思：「難道這就是海底人的人生哲學？」

「人類的基因定序出來的結果與猴子、老鼠、雞，甚至香蕉的差異都不大，某個年代之前的祖先甚至可能是相同，後來分化，各走各的路了，按照這個想法推論，人又何苦相煎何太急，本是同根生啊。**和諧、和平、和善，才是美好的相處之道；愛心、關心、同理心**，三心合一才可永續經營。」

海底人的話語中充滿智慧，語重心長，點子倫聽得心有戚戚焉，露出了長長一串的微笑，準備去巡禮迷人的水世界了。

海底人的臉上綻放燦爛迷人的笑靨，優雅翻個身魚貫有序的游了過來，交錯穿梭再交錯，有如迎賓式，目標「海底城堡」，海底人的水晶宮。

領頭者在玻璃屋的東北角十三度處畫一個圓，輕拍三下，念了一串暗語，玻璃屋迅速地，啪啪啪裂解開來，像骨牌一樣躺成玻璃舞台，留下一條河道，讓海底人通過，點子倫一行三人則小心翼翼踩踏，深怕一個不小心，掉進河中：「放心走，我們的科技比你們可靠多了！」

點子倫的臉漲成酡紅，人的文明看來遠遠不及海底人，即使經歷了一次大浩劫，他們仍擁有高度的技術。

海底人強調，以他們的科技水平隨時變回地球人並非難事，但為什麼不這麼做？原因很值得深思，他們語氣堅定：「因為這裡才是桃花源。」更何況人類正處在貪婪的年代，下一次滅亡在他們眼中可能是近在咫尺的事了。

海底人安排他們這趟體驗之旅，是有目的的，至少讓科研隊的人見識他們的高度文明，並且替他們宣揚美好理念。

點子倫心思剛落，迷人炫目的五彩煙幕升起，玻璃屋開始旋轉起來，宛如悠悠揚揚的樂音，水流湧動起來，水柱直線爬升，水花四散，舞出曼妙撩人的姿態，三人全看呆了。

一股強大水流把圓形的玻璃屋平推開來，成了方形劇場，阿米驚嘆莫名，把雙手都拍擊紅腫。

「真正的美景不在這裡！」

海底人賣了關子，序曲之後，三位可愛的小海底人送來了三套潛水道具，正當點子倫狐疑。

「調節器。」

海底人給了答案。

「調節器？」

「對，穿了它們，你們就可以短暫變身成我們，再學會幾個按鈕，懂

得運用，就能夠與我們一起優游水中了……」

點子倫喜形於色。

「不相信？放鬆試試看，請用最美的心情迎接，別緊張，慢才是王道。」

點子倫稍有遲疑，小方與阿米早他一步著裝完畢，一躍下水，他硬著頭皮跟進，海底人浮上水面，笑臉迎人的：「看來非常自在喲，別擔心，很舒服的，當魚不難呀，鯨魚不也是曾經生活在陸上嗎？」

點子倫緩緩放開僵直的手，腳伸直，心誠，腦淨空，人竟不費吹灰之力便飄浮在水中，慢慢的——慢慢的——慢慢的入夢，隨著水的舞動，整個人變得歡喜起來，笑與浪合成了音符。

點子倫調勻呼吸，潛得更深一點，水中暗流急速滑降，漩渦湧動，被捲入導管，擠壓出去，向下俯衝，宛如溜滑梯，如此來回數次，真是曼妙的體驗。

水中枯木雜陳，高低落差彷彿一幅山水畫，海底人的專家考察得知，那是數百萬年前地球變動時的遺跡，剛好成了水晶宮的城市造景，化身行道樹，水草攀越其上，有如枝條葉子，煞是美麗。

閃閃發亮的螢光魚與貝類，成了海中浪漫的照明器，幽靜的游移其中，的確迷離有味。

海底世界比實際上想像的還要多彩，幾條，哦，不是，應該是幾隻，也不對，還是用幾個海底人與他們擦身而過，熱情打著招呼，這與急速冷

漠，毫無生氣，人際關係淡然的人類城市，有著天壤之別。

海底人非常熱心，一一向他們介紹眼前如夢似幻的景物，城市的造景基本上與人類的城邦無異，只是移入水中，宛如幻境吧！

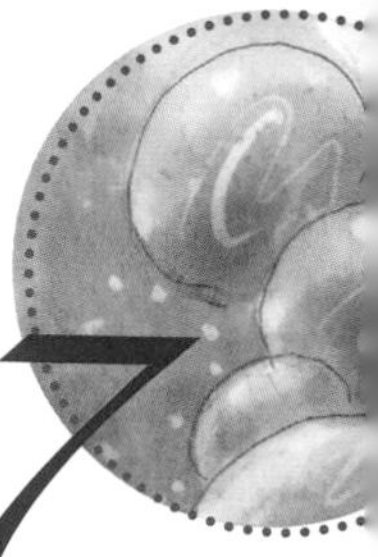

17 科幻水晶宮

海底人教他們全身放鬆的技巧，宛如無重力狀態的優游果真美妙，約莫一刻鐘，游經一處熱帶魚優游的棲息地，綠悠悠的水草長得非常茂密，在海底世界，隨著水波震動搖曳生姿，模樣與海底人頭上的草髮像極了，經介紹，原來是「髮草培養專區」，再往前游便是傳說中的水晶宮了，海底人的家。

「水晶宮？」

「是的，它是海底城堡，我們的水晶宮。」

海底人指引他們三人穿越另一處孔道，滑入更深一層的水域，這算「水滑梯」吧，與「水電梯」簡直是絕配，一慢一快，很有味道，點子倫猜想他們的用意：優閒時搭水滑梯，人類來犯則坐水電梯。

海底人的世界處處有玄機，洞中有洞，妙中更妙，玄裡藏玄，點子倫心思細膩，看穿這些設計是防衛機制，一層接一層，密合有序，自動保護，果真是未雨綢繆。

三個人這時候已沒有任何顧忌，放開心懷，有如游魚一樣無拘無束，快活地優游在海裡，身子任意翻動，隨意流竄，三百六十度的大轉身。

點子倫偶爾闔上眼，想像自己是一條無憂無慮的魚。

哎！

魚呀，身體馬上軟綿綿起來，可以隨意擺動，原來不當人這麼愜意，如此自在，非常好玩。

點子倫不經意地閃過一個念頭：「定居！」

海底人測得心思：「歡迎有愛心的科學家留下來當我們的幸福夥伴。」

「可以嗎？」

點子倫喜出望外，但又充滿矛盾：「好是好，但是還有很多研究等著去做怎麼辦？住在這裡能做什麼？可以住一輩子嗎？」

思考之中，他整個人彷彿浮著，不必費勁便能向前滑行，悠悠哉哉地觀賞湖中世界。

「真是美極了。」

點子倫萬萬沒有想到，他的體能可以如此不費力地游上一整天，精神充沛，彷彿服食大力丸；海底城的夜晚城堡不是漆黑一片，而是光彩奪目，散發著綠色螢光。

「水晶宮是環保的，螢光是萃取自海中能發光的魚、螺類身上的螢光劑，成了自然的照明器，你們從山洞掉下來時的旋轉滑道，則取自樹皮，再調合深海鯊體內的膠質提煉而成的，即使我們使用的武器也是環保的、和平的，目的不在傷人，而是警告，這是我們老祖先的叮囑，不再重蹈人類以前愚蠢的覆轍，你們在洞內已見識過我們的武器，那些東西全是軟綿

綿的膠質，但我們有能力讓它像子彈一樣有威力，如果它是鋼質，你便可以了解到威力有多麼驚人了；游吧，來見識一下我們的海底綠森林……」

他們很快便游入一處綠幽幽的海中森林，如果不是戴上呼吸鼻管，還以為身處在森林中，附近有多個湧泉，形成一處又一處類似小湖的地方，彷彿湖中之湖，非常美麗，但水底森林是怎麼植栽呢？

「我們用盡腦力研究，一心想創造一個與陸地上無異的水中仙境，森林當然不可缺少，我們的靈感來自水生植物的觀念，既然有些植物可以存在於水中，那麼大樹活於水中的可能性就不應該被排除，我們著力於水生植物的基因研究，得到關鍵技術，取得水生植物的嗜水基因，再把它移植於大樹中，慢慢地讓它們適應水邊生活，之後移植到水中，最後便能種植於水下了，這大約花了二百多年的時間，算是大工程……」

點子倫佩服極了，頻頻發出讚嘆聲。

「我們同時破解貪婪基因，解決海底人的私心問題，消弭野心，不再爭鬥，如此一來，便可以自在一生了；楓葉島是我們的玩樂練習基地，目的是教育小海底人如何與大自然共存的人生課業，從小明白這一點，才會有愛，才能了解人只是多元物種中其中之一，不是全部；**快樂、歡喜、自信、惜福等等更重要**，不是海洋中所有的東西都可以掠奪，有些東西能吃，有些不能吃，太小的魚要放生變成種魚，懷孕的要給牠一處好的棲息地把寶寶生下來，這些律令與規矩，我們則演化成能行水生作用的生物，

不必一直掠奪，透過遊戲，他們理解春夏秋冬有著不同的律令。」

點子倫聽著聽著竟至感動起來，覺得這趟尋找海底人的探險之旅，事實上像一場得道的人生課，心中澎湃洶湧起來，這麼好的人生哲學，應該重新教導而今早已物慾橫流的人類了，海底人解讀出他的心思，嘴角牽動了一下，會心淺笑。

最後他們游進一間休息室，有一扇很特別的透明窗，綠的、藍的、黃的、黑的，什麼顏色都有的珊瑚，正好是下蛋的季節，一粒粒像珍珠一樣的蛋噴灑開來，真是美麗又壯觀。

五顏六色的熱帶魚不停地游了過來，龍蝦、海鰻、飛梭、銀帶……也聚集在窗口，還說著人聽得懂的話：「嗨，你好！」

「你好？」

點子倫露出驚奇的眼神：「他們會說人話！」

「對呀！我們會說人話。」

「真有意思！還會對話。」

那一夜，三個人帶著滿滿的笑意在海底人的招待室裡沉沉睡去。

18

艱難的抉擇

陽光灑落，刺眼的白色光芒悄悄喚醒他們，點子倫掙扎數回，輾轉反側後慢慢起身，發現自己並不在水晶宮的招待所內，而是躺在湖畔的沙灘上，瞇瞇眼終於睜開，眼前晃動人的影是小鈺。

「這是怎麼一回事？」

莫非只是南柯一夢嗎？

不會吧，昨日遊歷水晶宮的事還歷歷在目咧！

那是真實？還是幻境？

點子倫覺得自己全身軟綿綿的，婷兒把他扶坐在岩石上。

為何會在湖畔？

小鈺也答不出來，她說他們的確失蹤三天了，幾個人分頭去找都沒有著落，早上醒來時，小東就發現躺在沙丘上的三人了。

至少這麼看來，點子倫確定水晶宮奇遇記不是夢境，確有其事，更明白海底人的心思，探險應該就此結束了，他們已經如願地見著海底人，而他們也盛情款待，讓他了解人類曾經的惡行與如何再當一個人的方法。

這次邂逅海底人，幾乎解決了他們在出發前所提問的所有迷惑。

真有海底人嗎？

真的！

海底人是人嗎？

是的。

海底人與人類的基因相同，長相相同，最大的不同並非呼吸的方式，而是人生哲學，我們相信，人要爭鬥，他們相信和平，我們利己，他們利人，海底人最後決心把他們送回，應該就是希望探險隊就此離開，而且閉嘴，絕口不提海底人的事，即使點子倫沒有探心器，也能猜出海底心思的八九分，他們最希望這批人回到人類社會時，能成為利人的「心靈導師」。

正當點子倫心神不定時，大山嘶吼起來，埋怨準備齊全的攝影器材只用來拍暴風雨，海底人的影子一個也沒能捕捉到，不過這樣也好，起碼保留了神祕感。

點子倫費了一點心思安慰他，並且興奮宣布有意寫一本童書《神秘海底人》，請大山掌鏡，說著說著，嘴角泛出一抹笑意，大山也樂不可支起來；但沒一會兒卻又心事重重若有所思的樣子，阿米船長猜出一二，想必他有什麼重大決定了。

他交代所有的探險隊員把東西收拾妥當，準備出發返航，並且指定小方寫一份報告書給基金會，但他自己卻沒有任何動靜。

臨上船前，他當眾告訴所有的人：「**我要留下來！**」

「留下？」

隊員們面面相覷，以為是玩笑話。

「我是很認真的！這兒是我魂牽夢縈的天堂……」

「你瘋了嗎？快上船呀！」

阿米船長對大山搖搖手示意不要插嘴：「讓他說完！」

「當了這麼多年的科學研究人員，我想獲的得並不是一種虛假的成就，傲人的名位，而是替人類尋找長治久安的方法，沒有想到海底人早早想到，並且做到了，看到他們善待萬物的作法，讓人實在慚愧，在他們眼中，海洋優游的魚兒，不是餐桌上的食物，而是夥伴，森林不是他們的財富，而是療癒的美景，珊瑚礁不是用來賣錢的，而是每年期待珊瑚下蛋的觀賞奇蹟，他們想的全是正向的能量，這一點令人匪夷所思，而且極為敬佩，我想留下來，不是逃避，而是學習，當有一天，我會以大師的身分重新出現，幫助人類逃脫苦難。」

小方的嘴角嚅動了一下，想說什麼，卻又什麼也沒有說。

「你們不必與我做相同的決定，阿米知道的，我很早就有這種想法了，當我的腳第一次踏在楓葉島的白沙灘上時，我便明白我屬於這裡了，人的確會有一些很難解釋的自我感應的超能力，很多事不必說，你便能知道一二了；海底人擁有很多人類失落的哲思，我相信我能從中學到很多，所以決定留下來。」

點子倫非常神祕的從口袋裡取出一個小錦囊：「這是海底人送我們回來時，刻意放在我的口袋裡的。」

這是邀請，它使我做出這個美好決定！

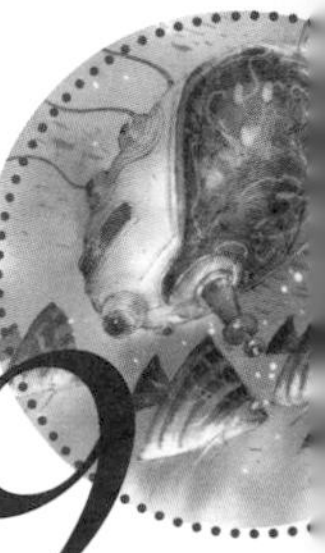

19 漂流的竹筒信

「海底人科學調查船一號」失蹤了！

報紙先後幾回下了斗大的標題，告訴粉絲們，科學船遇難，尋找海底人失敗。

這個消息的確令期待者沮喪，但出海一年，前半年都有定期回報海上消息與生活點滴，時而有海底人似有若無的飄渺相片傳回，但這半年卻音迅全無，實在不得不往凶多吉少的方向思考，宣布這個重大消息。

海底人探險基金會的執行長暗地裡仍不死心，上報主管單位，火速成立「海底人科學調查船二號」，開往楓葉島進行救援與調查。

他們沿著點子倫發報的路線前進搜索，不僅沒有一號調查船的消息，連同海底人的傳聞也一無所獲，船與人莫名其妙的消失了，好事的媒體持續追蹤寫了一則聳動的報導，標題是粗黑體，字體超大，寫著：

海底人科學調查船駛入神祕百慕達，這些只是謠傳，並未有十足證據。

二號調查船的科學家做出最合理的推論是：遇上強颱被狂襲沉沒了，

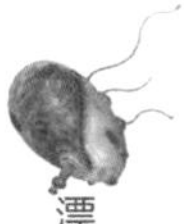

但是那是一開始的事，之後還有發布消息，推論顯然不盡合理。

正當二號船準備返航的途中，意外在海中發現一個飄浮物，是一個利用落羽松挖空製作的「信筒」，筒子上有石頭刻痕，署名：「點子倫。」撈起後內附一封信解開了謎團。

大意提到：

「……我們確實發現神祕海底人的蹤影，但很抱歉的是，我們簽署了保密協定，才得以留下來，無法具體告訴大家，他們確切的生活經緯度；但保證，我們都活得很好，這個重要決定來自受邀參觀幻象水晶宮開始的，因而迷上了這座無爭且有趣的海底城市，它沒有人類世界的忙碌，也不必費盡心思的奪取，和平是他們的信條，我們都好喜歡，有幸成為海底人的一員。

最後一刻，全體隊員討論後一致決定全部留了下來，我未婚沒有家累，阿米船長的太太早逝，孩子大了沒什麼牽掛，其他人都年輕，沒有配偶，共同決定這個長住計畫，也許一年，也許五年，也許N年……」

他細說了喜歡海底世界的原因：

「……營私謀利、玩權弄法、缺乏愛心、科技競逐、過度勞動是人類的深沉迷障，但在這裡彷彿桃花源，人的迷失是不存在的，愛是他們唯一的信念，實在讓人著迷；天天喜孜孜的，煩惱少，熱衷優雅人生，晨光中從祕道潛遊到海洋嬉遊，餘暉盡去時浮出海面，夜幕低垂後爬上岸，靜靜凝望星空，生活無憂無慮無爭。

海底人明白錢是一切罪惡的來處，上千年的實驗證明它會帶來血腥、災難與流失親情人倫，史冊的記載歷歷在目，爭奪導致變調社會……他們因而取消金錢交易。

他們同時提供了我重新思考城市樣貌的藍圖，海底人認為城市與森林，都會與環保不必然是衝突的，『綠城』的概念是時勢所趨，不得不行的方程式，否則氣候變遷遲早會要回上帝創造的一切；誰說摩天大樓不等於環保？只要每一層樓都保留一塊空位植樹造林，就會搖身一變成了綠建築了，這是現代科技可以克服或者應該參酌的；綠建築不是口號而是行動，頂樓是當然的空中花園，應該鼓勵人們在屋頂上植樹；誰說不能建一條綠森林高速公路，只要建設是以環境為出發點，高比率的綠廊城市就不會是難事……」

點子倫最後語重心長結語：

「海底人給我的啟發不止這些，……幾經思考，我們決定住下來，這是一處不受世俗羈絆，安全美妙的聖地，我得到了醍醐灌頂的啟發，重新思考一套新的運作法則，有一天，我會帶著這些足以使人類長治久安的生活哲思返回人類世界；最後祝福出錢出力的基金會，謝謝你們讓我們發現幸福、美好的道理，還有天底下真的還有一群信仰和平的海底人類。」

出海多時負責搜救的「二號船」，最後只帶回這個信筒與一封寓意深遠的信，結果雖然令人失望，卻也算好事，至少證明「海底人科學調查一

號船」的人全都活著。

之後每一年都有類似的新聞消息：

「一艘從楓葉島附近作業歸來的遠洋漁船返航，船長阿秋信誓旦旦指出，發現一個海底人，長得很像早年出海研究失蹤的點子倫隊長，對著來往的船隻熱情的揮手示意，水草髮甩出的水珠化成水花片片，鼻子長如吸管，潛入水中，噴出水霧，造出各種形象，看得出來他的神情非常愉悅，身手敏捷地跳著水上芭蕾……。」

國家圖書館出版品預行編目資料

神祕的海底人 / 游乾桂著. -- 全新修訂版. -- 臺北市：新手父母, 城邦文化出版：家庭傳媒城邦分公司發行, 2013.11
面；　公分. --
ISBN 978-986-6616-99-0(平裝)

859.6　　　　102020498

神祕的海底人《氣泡人》全新修訂版

作　　者／游乾桂
選　　書／林小鈴
責任編輯／詹嬿馨

行銷主任／高嘉吟
行銷副理／王維君
業務副理／羅越華
總 編 輯／林小鈴
發 行 人／何飛鵬
法律顧問／台英國際商務法律事務所 羅明通律師
出　　版／新手父母出版　城邦文化事業股份有限公司
台北市中山區民生東路二段 141 號 8 樓
電話：(02) 2500-7008　　傳真：(02) 2502-7676
E-mail：bwp.service@cite.com.tw
發　　行／英屬蓋曼群島商家庭傳媒股份有限公司城邦分公司
台北市中山區民生東路二段 141 號 4 樓
讀者服務專線：(02)2500-7718；(02)2500-7719
24 小時傳真服務：(02)2500-1990；(02)2500-1991
讀者服務信箱：E-mail：service@readingclub.com.tw
劃撥帳號：19863813　　戶名：書虫股份有限公司

香港發行所／城邦（香港）出版集團有限公司
香港灣仔駱克道 193 號 東超商業中心 1 樓
電話：(852) 2508-6231　　傳真：(852) 2578-9337
E-mail：hkcite@biznetvigator.com
馬新發行所／城邦（馬新）出版集團 Cite(M) Sdn. Bhd. (458372 U)
11, Jalan 30D/146, Desa Tasik, Sungai Besi,
57000 Kuala Lumpur, Malaysia.
電話：(603) 90563833　　傳真：(603) 90562833

封面設計／劉鵑菁
內頁設計、排版／劉鵑菁
插畫／張振松
製版印刷／卡樂彩色製版印刷有限公司

2007 年 1 月 初版
2013 年 11 月 21 日　全新修訂版
Printed in Taiwan
定價／ 250 元

ISBN 978-986-6616-99-0

城邦讀書花園
www.cite.com.tw

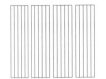

廣 告 回 信
台灣北區郵政管理局登記證
北台字第10158號
免 貼 郵 票

104 台北市民生東路二段 141 號 8 樓

城邦文化事業（股）公司
新手父母出版社

地址

姓名

請沿虛線摺下裝訂，謝謝！

書號：SX0018X 書名：神祕的海底人

新手父母出版　讀者回函卡

新手父母出版，以專業的出版選題，提供新手父母各種正確和完善的教養新知。為了提昇服務品質及更瞭解您的需要，請您詳細填寫本卡各欄寄回（免付郵資），我們將不定期寄上城邦出版集團最新的出版資訊，並可參加本公司舉辦的親子座談、演講及讀書會等各類活動。

1. 您購買的書名：____________________
2. 您的基本資料：
   姓名：____________________（□小姐　□先生）生日：民國____年 ____月 ____日
   郵件地址：____________________
   聯絡電話：____________________
   E-mail：____________________　□有小孩 _____個（_____歲）□尚無小孩
3. 您從何處購買本書：__________縣市__________書店
   □書展　□郵　□其他____________________
4. 您的教育程度：
   1.□碩士及以上　2.□大專　3.□高中　4.□國中及以下
5. 您的職業：
   1.□學生　2.□軍警　3.□公教　4.□資訊業　5.□金融業　6.□大眾傳播　7.□服務業
   8.□自由業　9.□銷售業　10.□製造業　11.□食品相關行業　12.□其他__________
6. 您習慣以何種方式購書：
   1.□書店　2.□網路書店　3.□書展　4.□量販店　5.□劃撥　6.□其他__________
7. 您從何處得知本書出版：
   1.□書店　2.□網路書店　3.□報紙　4.□雜誌　5.□廣播　6.□朋友推薦
   7.□其他__________
8. 您對本書的評價（請填代號 1非常滿意 2滿意 3尚可 4再改進）
   書名______ 內容______　面設計______　版面編排______　具實用 ______
9. 您希望知道哪些類型的新書出版訊息：
   1.□懷孕專書　2.□0~6 歲教育專書　3.□0~6 歲養育專書
   4.□知識性童書　5.□兒童英語學習　6.□故事性童書
   7.□親子遊戲學習　8.□其他
10. 您通常多久購買一次親子教養書籍：
    1.□一個月　2.□二個月　3.□半年　4.□不定期
11. 您已買了新手父母其他書籍：
    ____
    ____
12. 您對我們的建議：
    ____
    ____
    ____